이 받으세요 ♡

시작하는 2019년

행복해지길..

一切都是因为你

【韩】李钟硕 罗泰柱——著
阿南——译

中国出版集团 现代出版社

诗人　罗泰柱

1945 年 3 月 16 日出生。
1971 年，获《首尔新闻》“新春文艺奖”，由此登上文坛。
著有《草花》《多么喜欢你》《遥祝》《幸福》《礼物》等。
现任公州文化院院长，历任韩国诗人协会审议委员长。

演员　李钟硕

1989 年 9 月 14 日出生。
代表作有《学校 2013》《听见你的声音》《医生：异乡人》《W－两个世界》《当你沉睡时》等。
现活跃于影视领域，受到广大观众的认可。

罗泰柱×李钟硕

译者　阿南

本名郑炳男，迄今出版四十余部各类译著。
著有系列随笔集《自在书》。诗、小说、散文作品散见于《作家》《民族文学》《延河》《散文》《天津文学》《南方文学》《鹿鸣》《当代诗歌》《诗歌报》等刊。
近年致力于国兰及石斛新品种培育，业余写作关于汉字源流及演变的专著《汉字的前世今生》。

把我曾得到的安慰奉献给你

目录

Chapter 04
写给爱过的、爱着的，也将爱下去的人

Chapter 05
都是我的错

诗人如是说　诗人　罗泰柱

李钟硕是一位了解诗与人生真意的演员。

我是一个不大看电视的人，因此也不大了解电视连续剧或有关演艺界的消息。在这方面，我可算得上是个瞪眼瞎。最初，我甚至不知道李钟硕在他主演的电视连续剧《学校2013》里朗诵过我的诗作《草花》，现在想来真是惭愧。

后来，周边不少人都跟我说曾在电视剧里看到过这个场面，并追问我怎么反倒没看到。于是上网搜出来看了一遍。剧中，有一个学生蒙受了不白之冤，不得不转学，而男演员给他朗诵了一首诗《草花》以示声援。当时觉得，这个男演员真是个帅气的美男子。

他半侧着身体，装作若无其事地朗诵诗作的样子极富魅力。那是一首短诗，但他根据诗作的内在情绪，一边调整着抑扬声调，一边缓慢地朗诵，完美的演绎丝毫不亚于一流的朗诵家。同为男人，即使在我看来，他朗诵诗歌时的嘴唇，也实在是太俊美了。

在朗诵最后一句“你也是如此”时，他的形象尤其富于魅力。当时，只觉得胸膛为之震颤。我一个男人尚且如此，对女粉丝们而言，又该是一种怎样的视听感受。从此以后，只要我出现在讲演现场，学生们便无一例外地问我：“您就是李钟硕朗诵的《草花》那首诗的作者——诗人罗泰柱对吗？”有的学生甚至认为我太老了，似乎觉得诗人就不该这么老才是。在我看来，他们这么说显然是觉得没法和演员相提并论。

偶然的机会，经人介绍，曾和李钟硕见过两次面。在首尔见过一面，在公州见过一面。初次见面时，他给我的印象是：非常温和而又城府极深，且总是乐于帮助周边的人。在公州见面的那次，大多数时间是在公州草花文学馆和公州教堂以及一家名为“露西亚原野”的咖啡厅、画伯李光福的家里度过的，觉得李钟硕让所有和他一起的人感到非常舒适。

我们就这样闲聊着，度过了差不多半天时光。在闲聊中我了解到，他不仅在关注我的诗作，也在关注别的诗人的作品，他的内心深处还潜藏着写诗的愿望。我和李钟硕谈起日本的短诗俳句，兴之所至随口朗诵了一首：“缄口无语 / 客人、主人以及白色的野菊花。”权当以此来回答他如何能写出好诗的问题。

看上去，他就像一个温顺的学生。没有误解，没有抵触，他聆听对方言谈的样子单纯而虔诚，沉稳而清澈。他没有辩解，言语也没有过多的修辞，看得出他是一个纯粹的人。内心坚毅，但表面上却显得柔和，这对一个年轻人来说，是不大容易做到的事情。我这样说，无非是想告诉大家，他是一个真实的人。

即便是一个当红演员，但他毕竟也是一个人，所以在这一路走来的过程中，怎么会没有遇到困难，怎么会没有遇到让他疲于应对的事情？他说，每当遇到困难，他就会通过阅读我的诗自我安慰。作为一个诗人，我有些受宠若惊。离开公州以后，他曾提出想把我的诗和他的写真合在一处出版的设想。我表示同意。我们之间达成了一致。因为这是一件有趣而又有益的事情。

能和这块土地上一位美好、纯粹的艺人——红得发紫的演员共同出书，这让我由衷高兴。但愿我的诗作在他的书中，有助于提升他的形象，使他变得更有深度。这样一位懂得诗歌，又懂得朗诵诗歌的演员，真是让人难以忘怀。

懂得诗歌又热爱诗歌，而且每当遇到困难，遇到难以逾越的障碍时，都会通过阅读诗歌去感动自己，并祝福和安慰自己。祝愿他在未来的演艺生涯中，始终伴随着荣光和幸福。希望能有那么一天，看到他作为一个演员获得巨大的成功。

希望他知道我们爱他爱得足够真诚。有句话说：“在这个世界上，没有哪件事能比知道自己在无条件地爱着某人更让人高兴的；也没有哪件事，能比知道有人无条件地爱着自己更让人幸福的。”很想把这句话说给李钟硕听。

Chapter
01

我还在爱着

我还在爱着

我爱你
仿佛相互凝视的这个瞬间便是世间全部
绚烂地绽放

爱，永远笨手笨脚

不是笨手笨脚的爱
已经不是爱了
在昨天见过，今天也见过
你那张生疏而又新奇的脸庞

不是笨手笨脚的爱
已经不是爱了
刚刚听过你的声音
却仍觉得陌生而又新奇

是在哪里见过这个人呢？
在哪里听过这个嗓音？
只有笨手笨脚的才是爱情
只有陌生的才是爱情

今天，你仍在我面前
重新诞生一回
今天，我仍在你面前
重新死去一回

思念

再也无法忍耐
是时候去研墨了

你也这样吗

我因你而活着

即使是吃饭
也该赶紧吃完，然后跑去见你
不仅如此
即使是睡觉
也盼着天早早亮起，好去见你

你在我身旁的时候
过得飞快的时间总是令人心焦
你不在我身旁的时候
缓慢游移的时光同样令人心焦

踏上远行的道路时想你
返程途中也想着你健步如飞
今天的太阳，因你而升起
今天的太阳，也因你而西落

你的每一天也是这样的吗？

还是喜欢你

喜欢你笑的样子
喜欢你说话时的样子
你不说话的样子我同样喜欢
你生气的脸上无动于衷的表情
偶尔冰冷的谈吐
可我还是喜欢你

无论何时

你在，我便心满意足
只要你在，我便心满意足
你笑也罢，不笑也罢
开口也罢，缄默也罢
你在，我便心满意足
无论何时，在我眼前
有你我便心满意足

在岛上

亲爱的，今天

每次相遇都如初见
每时每刻都让人期盼
每次想起，都让人心生爱恋
你若是那样一个人该有多好

仿佛风景如此
仿佛草叶
和树木如此

和你通话

即使是在睡梦中
我也在给你
打电话

我活着，全凭对你的思念
明天，也将充满对你的思念

即使是在睡梦中
我也在接听
你打给我的电话

互为鲜花

我们彼此
互为鲜花，互为祈祷

我不在身旁时
你想我了吧？
狠狠想我了吧？

我生病时
你担心了吧？
想为我祈祷了吧？

你我彼此彼此
你我之间，互为
祈祷和鲜花

因为有你

一只气囊
圆滚柔软
充满氧气

一只气球
圆滚柔软
充满香气

我试着抱抱你
仅凭抱抱你的想法
便已经
让我的胸膛为之膨胀
我也变成一只气球
飘然上升

因为有你，天空变得美丽
天空因你而变得美丽
而我也变得柔软无比

终于

望着你的脸庞，便是我的欢喜
听着你的声音，便是我的感激
掠过你的视线，便是我的喜悦

终于

听着你的呼吸
伴在你身旁，便是我的幸福
你活在这个世界上，便是
我活在这个世界上，
便是我存在的全部理由

秘密日记

上帝啊，请宽恕我这一次

当我还在呼吸这明丽的阳光
请宽恕我的罪过
宽恕我活在世上
心中还怀想着一个女孩儿

个子很矮的女孩儿
眼睛很小的女孩儿
连梦想也很微小的女孩儿

请宽恕我在离开以前短暂地爱过她

有话直接说

请直接说出来，不要再犹豫
不是在明天早上，而是现在
请直接说出来，时间在流逝

大声说出我爱你
大声说出喜欢你
大声说出我想你

太阳就要落山，鲜花即将谢幕
风在吹着，小鸟在唱着
对，就是现在，无所谓他人

大声说出我爱你
大声说出喜欢你
大声说出我想你

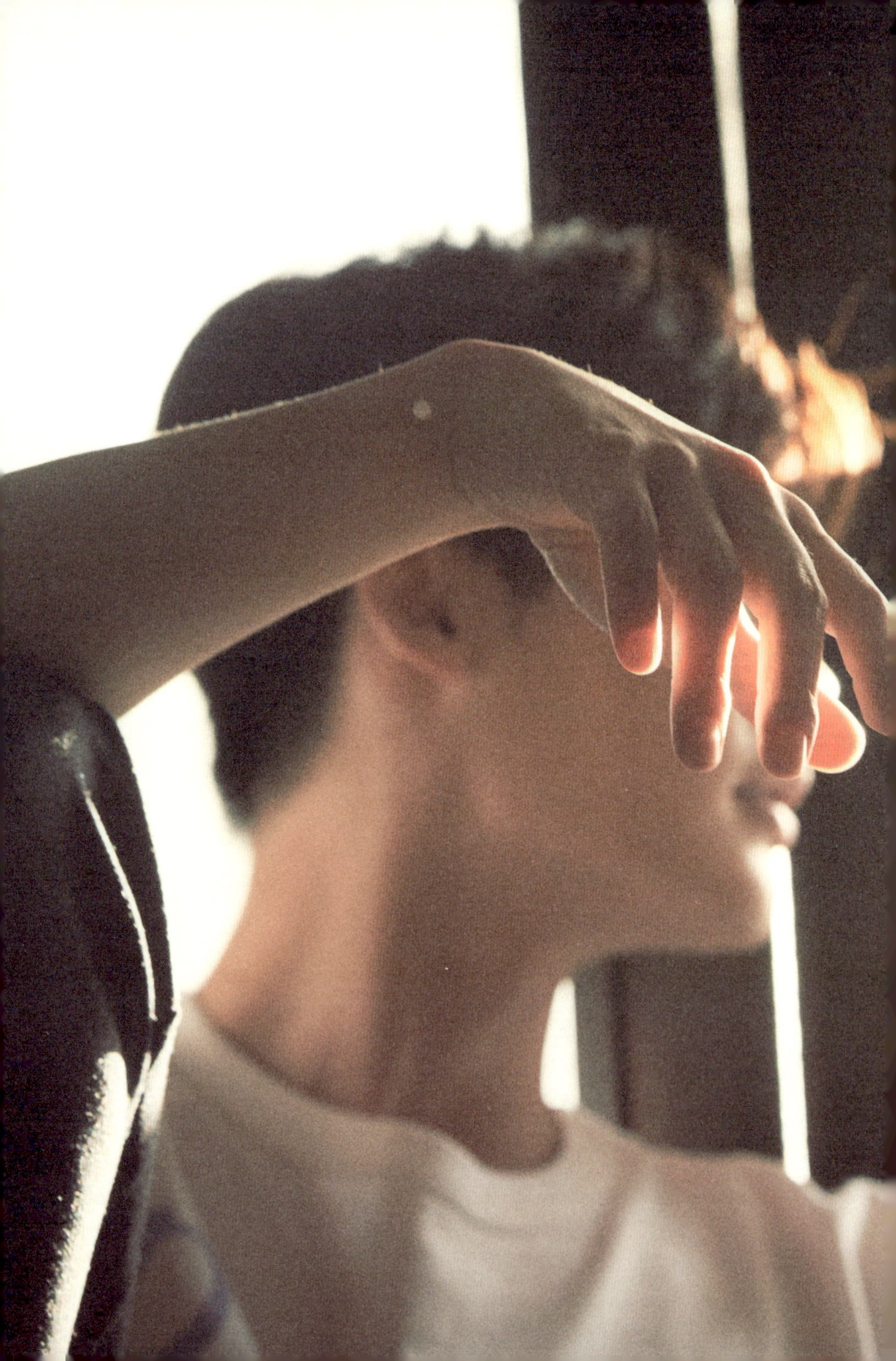

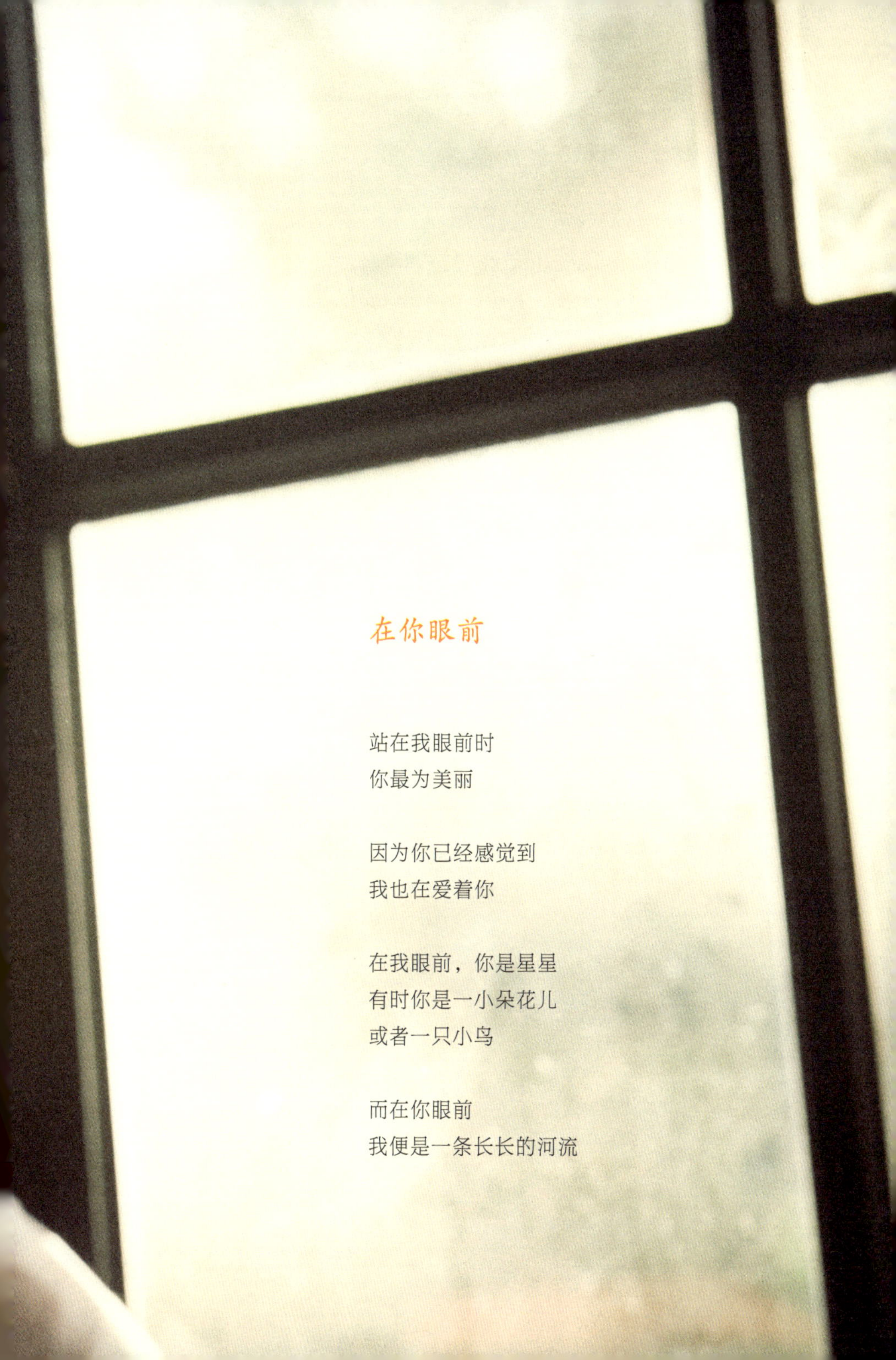

在你眼前

站在我眼前时
你最为美丽

因为你已经感觉到
我也在爱着你

在我眼前，你是星星
有时你是一小朵花儿
或者一只小鸟

而在你眼前
我便是一条长长的河流

11 月

已经走出太远，眼下再难回头
可此刻，我还是难以就此放弃

仿佛某处，有一枝霜打的鲜嫩玫瑰，
正咬着含血的娇唇凝望着我

天，变得更加短暂
我，该更加爱你才是

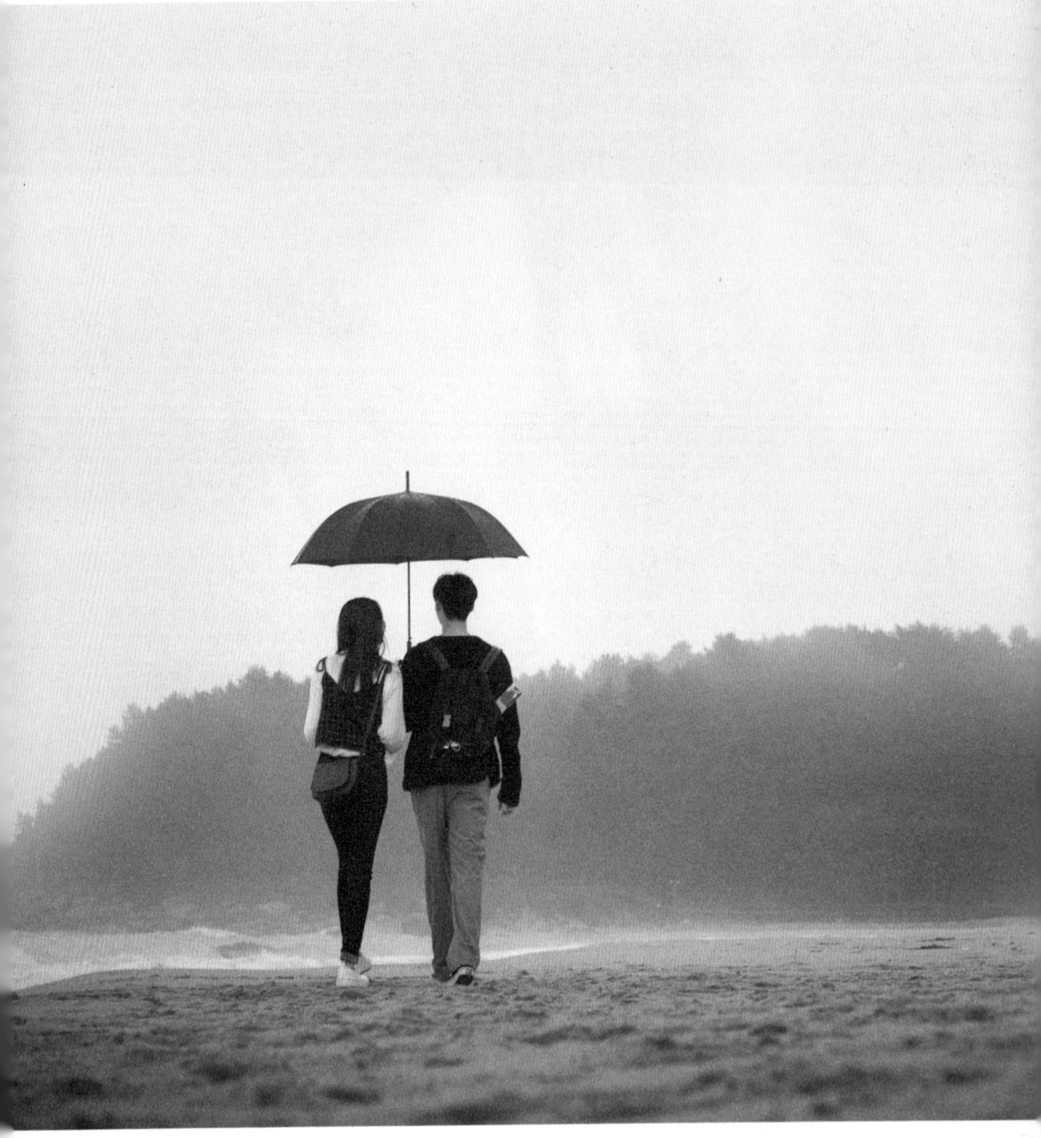

一切都是因为你

走在乡间小路上

来到世上，能和你相遇
就是我莫大的幸运
你的思念驻留我处
我的世界便从此有了光明
在芸芸众生中，只你一个人
对你的思念驻留我心房
我的世界便从此是温暖人间

美好的人

美好的人
我的视线无处安放
无法直视你
也无法不去看你
哦，那个
耀人眼目的美好的人

今天的鲜花

笑着也美丽
不笑也美丽
甚至闭上眼也倾国倾城

今天，你就是一朵鲜花

初雪

最近，几天没见到你
我如饥似渴

昨夜，又一个漆黑的夜晚
只顾着想你
心中更是一片茫然

多少个日夜想你
想得我如饥似渴
我茫然的心情
化作雪花自天而降

你洁白的心灵
拥我在怀里

刮风的日子

你难道就没想我吗？
把思念画到云上去

我实在是太想你了！
把自己撒到风中去

拜托你了

不要很久，只需一小会儿
不要很多，只需一小会儿
我只想在你面前
坐上一小会儿

我不知道自己
如何变成现在这个样子

明明刚刚和你分手
可又想看看你的脸庞
明明刚刚转过身来
可又想听到你的声音

我是一颗星，在黑暗的夜空独自闪烁
我是一阵风，在阒寂的山路上孑然前行

让我再看看你的笑脸
让我再听听你柔美的声音
迟早我会离去
我就这点请求，拜托你了

我不知道我自己
如何变成现在这个样子

两个地球

在你面前，我今天
是一颗重生的地球

在我面前，你今天
也是一颗重生的地球

无须侧耳
也能听到

两颗地球
相对呼吸的声音

只被你一个人听到的声音
只被我一个人听到的声音

地上天堂

在这个世上
我定会得见天堂！
在专注于这个想法时
你来到我面前嫣然一笑

但我还来不及想到
这竟然会是另一个地狱

Chapter
02

哪怕孤身一人

哪怕孤身一人

由于惋惜花谢
由于惋惜那份情怀消散
我试着把花种下

远处如花的你，渴盼春光的我

独自喜欢你

你可以不知道
我多么喜欢你

喜欢你的心
只属于我自己
我一个人的思念
已足以充满我自己

现在，即使没有你
我也可以独自喜欢你

你的眼梢

你的眼梢弯弯
宛若初生新月
你的眼神充满哀伤

你的身材瘦小
宛若一只青苹果
你的样子惹人怜悯

一句简短的回答
宛若拂过的夜风
你的声音让人怅然

即便如此，我还是喜欢你

一切都是因为你

星星

来得太早或来得太迟
二者必居其一
离去得太快或停留了太久
二者必居其一

当有人匆匆离去
你是那留下来久久闪烁的光芒

我的手过于冰冷
无法为你传递一丝温暖
近在咫尺，又相隔天涯
我把手伸向你
却无法触及你的呼吸

但愿你永远在夜空闪耀
久久注视着我

因为有你

在这纷乱的世上
因为有你，我始终
是一棵毫不动摇的树

在这彼此嫌恶的世上
因为有你，我才能返身坐下
成为一个可以独自微笑的人

因为感恩
因为欢喜
我才能走过那些艰难的日子

哪怕我们彼此分离
要各自面对漫漫长夜
你也要和我一样镇定自若

我也不知道

你一笑
我也会跟着灿烂起来
你皱起眉头
我的脸上也会阴云密布
你的表情阴沉
我更会忐忑不安
是不是哪里不舒服?
是不是遇到了什么伤心事?

如何变成现在这样
我也不知道

冬日玫瑰

爱过你之后
再去爱另外一个
你是要这样吗？

请不要责备
我略显过分的爱情
请不要回避我的爱

只有这独一无二的
才是真正的爱情
难道不是这样吗？

幼稚的爱

你
就待在那里吧

拜托你
千万要待在那里

待在那里，及时
回应我的呼唤

你可千万要守住
那个位置啊

好天气

你所在的地方遥不可及
今天天气晴好
碧空如洗

这么好的天气
刚迈出第一步
仿佛就已抵达世界的尽头

天气晴好
哪怕仅仅闭上眼睛
仿佛就能听到你的呼吸

愿你的生活安逸而舒适
即使你所在的地方遥不可及
今天，也是一个
值得纪念的日子

椅子

世界并不美好
只是因为有你
才变得美丽

在我奔你而来时
你可否守在原地
等候我的到来？

虞美人

想法总是很快
而觉悟总是延迟发生

就这样一天或者两天
血液在心口凝集

飘忽不定的心事
常被你偷听到

而投向你的目光
也常被人窥见

早春

早春在树枝上
在鸟鸣中

更早的春天
在我的心中

今天，我依旧遥望着你
傻傻地独自呜咽

树

没得到你的允许
便把我过多的感情
给予了你
被你夺去
我过多的感情
今天，我无法收回这份情意
依旧站在大风肆虐的原野尽头
变成一棵哭泣的大树
沉浸在悲伤中

Parisien

遥祝

在我不知道的某个地方
你像一朵看不见的鲜花在微笑
这个世界，因你的存在
而再次迎来耀眼的清晨

在你不知道的某个地方
我像一片看不见的草叶在呼吸
这个世界，因我的沉默
而再次进入寂静的黄昏

深秋已至，切切珍重

雪后

你的美丽
让我手足无措
到处都是你的身影
我不忍闭上眼睛

天空中有你
地面上有你
树枝上也有你
潺潺溪流中还有你

我手足无措
雪后，天地一片苍茫
我在任何一个地方
都无法和你相遇

话一出口

话一出口
人心已然变化

也许，我只能一直
这样站在这里

直到我的心融入那棵树
融入那片浮云

直到你读懂我的心事
即使我不说出口

拜托

不要把我的视线拉开太长
我的爱啊

请你只走到我能看到你背影的地方
只走到我能听到你的声音的地方

担心你忘了回家的路
我的爱啊

背影

背影迷人的人
才是真正
美丽的人

自己的眼睛
无法确认的背影
只向他人开放的
另一种表情

你的背影
从不撒谎
也无人能够涂改

潺潺流水是否也有背影？
渐渐枯萎的鹿蹄草，阵阵松涛
灰惊鸟的啼鸣声
是否也有背影？

远远地
沿着云杉和石楠之间
蜿蜒小路走下山去的背影
你瘦削的悲伤的肩头
看上去时而苍白
时而染上葱绿

思念

想要看到你的念头
像一颗深秋的棉桃
陡然膨胀起来时
你便会出现在我眼前
仿佛烛光在深夜点燃
眼前的你笑容灿烂

想你
思念的话语
在我的口中溢出时
你便会在树下等我
便会在我经过的路口
化作一片青草
化作一缕阳光等我

Chapter 02

哪怕孤身一人

悲伤

夜深人静时
我习惯性地
给一只老迈的挂钟
上弦

你已老态龙钟
还将长时间苟延残喘

那句话

思念泛起
我被潮涌淹没

即便如此，我
留到最后的一句话
依旧是爱
依旧是我爱你

但愿那句话
留在我的舌尖
变成一朵鲜花
变成一缕清香
一首甜美的歌

绽放

当春风拂过
我为曾经的怒气
而感到羞愧
为曾经的悲伤
深深歉疚

当鲜花绽放
我为曾经的厌恶
而感到自责
为我曾经的烦恼
深深悲伤

只有我自己不知道
我也曾是一朵鲜花
春光已至，此刻
你也该绚烂绽放

鸟

电话打不通
短信、微信
也都杳无回音
这样的日子
我只能暂且以为
你平安无恙
以换得一时安慰
但转瞬便会担心
你是否偶感风寒？

后悔打过的电话
后悔发出的短信、微信
我吹开额头矜持的头发
抬头看天

掠过天空的鸟
落在枝头的鸟

问候

想你
想了很久

想你
已有很久没见到你

你既然安好
便足以让我感谢上苍

思念之三

有条路，不让踏上去却想执意前往
有个人，说过不再相见却偏偏思念
有件事，决意不再去做却要试上一试

这就是人生
就是思念，就是你

Chapter 02
哪怕孤身一人

只想见到你

像一个断奶的孩子
被母乳的芬芳缠绕
我只想见到你

你的声音在耳边漫漶
你却不在我眼前

我的身边清风空荡
天空一片苍茫
而你，是天上悠悠白云

一切都是因为你

这样对你说

不知道
你离去之后
没有你的日子
我将如何度过

我离去之后
没有我的日子
你的河流
可要风平浪静

像花朵
照常在清晨绽放
像小鸟
照常飞过正午的天空

日常

思念你的日子涂鸦
孤寂的日子音乐萦绕

更多剩余的日子
只能用来一心想你

深秋

因为还在想你
落叶显得更加悲伤

Chapter
03

别离

别离

遇见你，在正午和煦的春风里
而黎明的春风，又带来阵阵凉意

花瓣

在挂满鲜花的树下
我们相视而笑

眼睛笑成了花瓣
额头笑成了花瓣
嘴唇笑成了花瓣

一杯清酒过后
也曾热泪盈眶

把无数瞬间
装进相机里
然后，那天
我们各奔东西

回来查看照片
却只有满屏的花瓣

恋爱

每天，从梦中醒来
睫毛上的晨曦里满是你的身影
向你倾述满腹的话语
为你虔诚地晨祷
有那么一段日子
我天天都在遭受这样的刑罚

Chapter 03
别离

空房间

我们是否确曾相遇？
我们是否确曾相爱？
只觉得是一场
轰轰烈烈的黄粱美梦

我们是否确曾凝眸对视？
我们是否确曾执手相欢？
只觉得是心甘情愿地
被某个谎言欺骗

无数次回首，却没发现
你我留下的任何痕迹
只有那苍白的道路
孤单地向远处蜿蜒

我的空房间
总该记得住我今天
这样汗流浃背地思念你
多谢你，我空空的房间！

小岛

你和我
手拉手闭着眼走来的路

此刻，你已不在我身旁
我手足无措

找不到来路
我在独自哭泣

8 52

离别

被称为地球的星星
被称为今日的一天
无法再次相遇的
是深情的你

此刻，站在你眼前的我
是在哭泣
还是在强颜欢笑？

那样一个人

有时，那样一个人
就是世界的全部

世界为那样一个人充满
天地间充满温暖

有时，那样一个人
就让世界辉煌灿烂

有时，只因有那样一个人
无惧风雨交加的日子

对于你，我有时
也想成为那样一个人

Chapter 03
别离

沉默是金

珍惜自己的话
珍惜自己的眼泪

只要努力隐忍
一个人的话语
也会芳香四溢

只要努力隐忍
一个人的眼泪
也会化作晶莹的葡萄

一个人的自言自语
独自转身抹掉的眼泪

地角天涯

我叹息的时候
她也该是在叹息
对着鲜花我这样想

我哭泣的时候
她也该是在哭泣
对着月亮我这样想

我思念的时候
她也该是在思念
对星星我这样想

此刻，你在那里
此刻，我在这里

Chapter 03

别离

离开的地方

担心留下你一个人
在我离开的地方久久哭泣
我不忍转身离去。在这里

想到留下我一个人
在你离开的地方久久哭泣
你是否因此而热泪盈眶？在那里

迷雾

模糊的脸庞
忘却的思念
可心口依旧阵阵作痛

Chapter 03

别离

向风倾述

向风倾述
此刻，那里是否依旧
花开，月亮依旧升起？

向风倾述
我思念的人无法忘怀的人
是否还等着我
在那里徘徊？

是否还吟唱着
曾经为我唱过的歌
在独自哭泣？

三月

终于……终于……
三月终于款款而至
三月终于还是如期而至
战胜了二月
战胜了内心的贫寒
宽广的胸怀终于重回大地
返回来在我们眼前
铺上花瓣和绿草编就的坐席
小鸟催促我们吟哦
——随便发出什么声音
潺潺溪流也邀请我们
同声呢喃
哦！年幼的孩子们
又该重新换上新衣
背上书包
佩戴着新的校徽
像汹涌的波涛
掠过我们眼前
然而，三月里
孤寂的人该依旧孤寂
冷清的人该依旧冷清

爱

久久对坐着
彼此相望

哪怕相对无语，也能
用眼神和心灵交谈

脸上带着的
若有似无的笑容

偶尔也会噙着泪水
垂下忧伤的头颅

一个人的海洋

和你分手后回到家里时
我空空的房间里充斥着的汹涌波涛
瞪着空洞的眼睛期待你时的渺茫

每个夜晚，它们都会短暂地
出没在我梦里

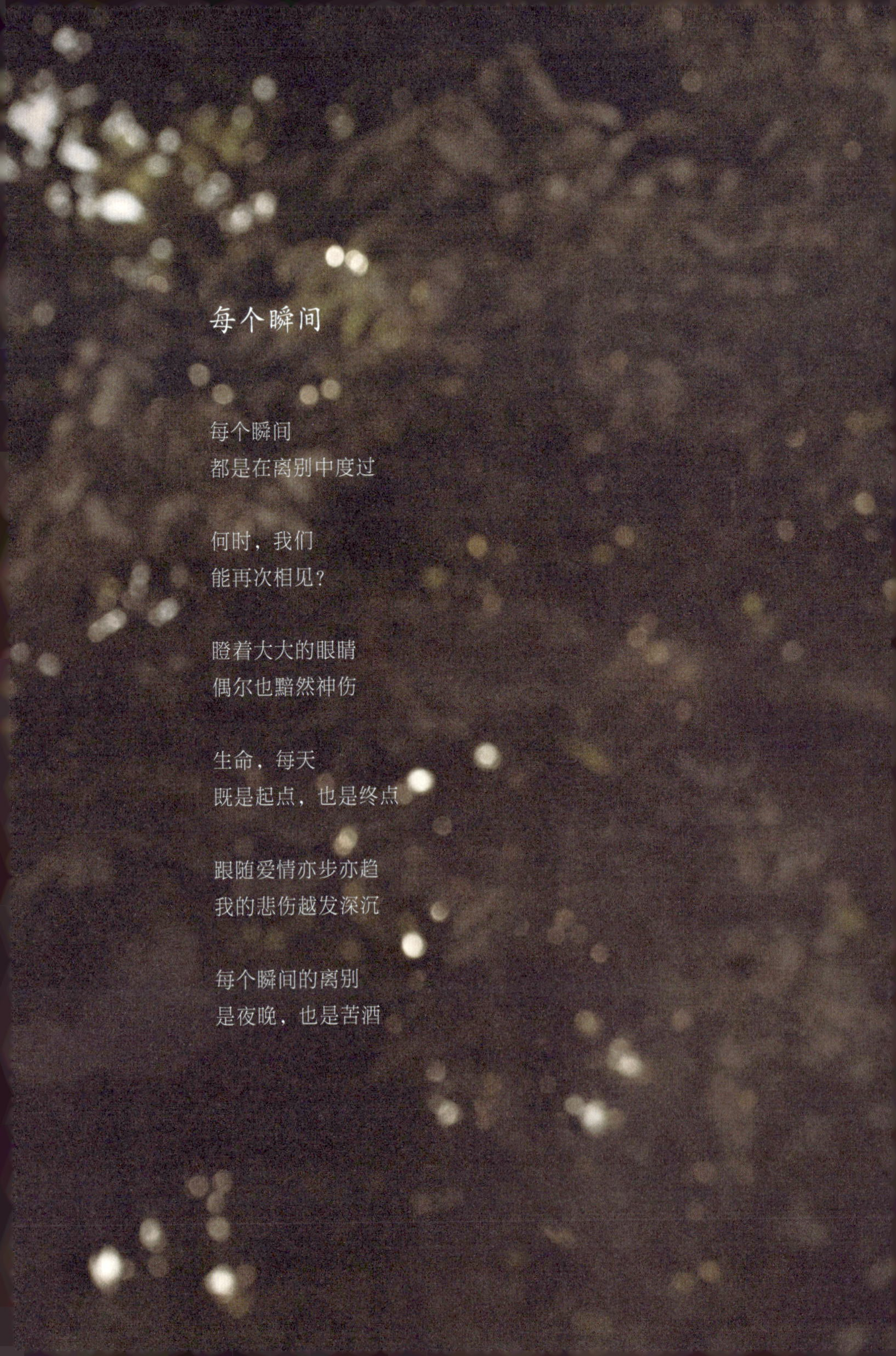

每个瞬间

每个瞬间
都是在离别中度过

何时，我们
能再次相见？

瞪着大大的眼睛
偶尔也黯然神伤

生命，每天
既是起点，也是终点

跟随爱情亦步亦趋
我的悲伤越发深沉

每个瞬间的离别
是夜晚，也是苦酒

干裂的嘴唇

春光
春风

多想再看你一眼

干裂的嘴唇
干枯的口舌

我心痛如绞

黄昏

院子里绽放的花朵
惹人赞叹
好美！好美！
我禁不住自言自语

想起此刻的你
指尖轻触手机拨号键
像拂过你鲜艳的面容
可耳畔只有单调的鸣音

返身回到院子里
看着风中摇曳的花朵
好美！好美！
自言自语的黄昏

想不起
这是四月的第几个黄昏
我们的时光
天天都在缩短

可你我
已经太久没有相见
你我之间
隔着万水千山

我的爱

一路珍重，我的爱
永远安好，我的爱
这里的事情
无须你过多牵挂
忘怀吧，在走去的路上
放弃吧，在将来的日子里

Chapter 03

别离

跟一棵树搭话

我们果然
曾在此相遇？

曾有过
相信彼此相爱的时光
也曾自以为
彼此了解对方
还曾以为把一切献给对方
也在所不惜

没有风吹过
可树木，却在
似有若无地扭动身躯

12 月

短暂如一天的一年
漫长如一年的一天又一天
就这样消失的我
还有你

虚伪的爱

常言说
认输才是真爱
认了输却感到心安
才是真正的爱情

可输掉了，是否
真的还能感到心安？

常言说
放弃才是真爱
放弃了仍感到幸福
才是真正的爱情

可放弃了，是否
真的会有幸福的感觉？

午夜

在午夜
我无端地
从梦中醒来

不经意看见
房间里的一盆花

一盆已经干枯的花

哦！原来是你
是你因为口渴
而把我叫醒

今天就当是这样失去了爱情

低下头，脚下枯萎的九节草
瞬间卷入急流的秋天

盲目地度过几个昼夜期间
世界已在远处用陌生的眼光遥望着我

光阴虚度啊！光阴虚度！
风又从我的脖颈掠过

我为何又像一个孩子，只想
跌坐在地上蹬着脚大声哭泣？

我又将带着怎样的心愿
涉过冬天寒冷的河水？

从未曾欢呼着冒出过叶芽的树根
今天暂且就当是这样失去了爱情

地丁

你离开的那个地方
我一个人
沉浸在冷风的日子里
一丛地丁花悄然开放
而且比以往任何一天
都开得更加美丽

墓志铭

虽然十分想念
但还是忍忍吧

Chapter
04

写给爱过的、爱着的，也将爱下去的人

写给爱过的、爱着的，也将爱下去的人

就想那样说的话
想要对我所爱的你说话
不，或许是你想要对我说的
我们想那样说过的话

今天的约定

空泛的话题，沉重的话题就不要提起了
就说些琐屑的话题，轻松的话题吧
比如清晨醒来看到一只陌生的小鸟飞过
比如走路时驻足聆听围墙内孩子们的吵闹声
比如猛然听到蝉鸣像一条长河流向天边
咱们就说些诸如此类的话题吧

别人的话题，世上的话题就不要提起了
就说些我们的话题，我们彼此的话题吧
比如前一夜辗转反侧难以入眠
比如挥之不去的思念让你整日心潮澎湃
比如向放晴的夜空中好容易找出来的星星祈愿
咱们就说些诸如此类的话题吧

其实你我都知道
也没有更多时间供我们只说我们的话题
是的。你我天各一方
时常难得见上一面
但我们也应幸福度过每一天
这是我们今天的约定

好得很

好得很
你既安好，我便安好

对爱作答

把平凡的相貌视若花容
这就是爱

把糟糕的事情想成美事
这就是爱

心里讨厌但一再包容
且不只是有始无终

而是始终如一
这才是爱

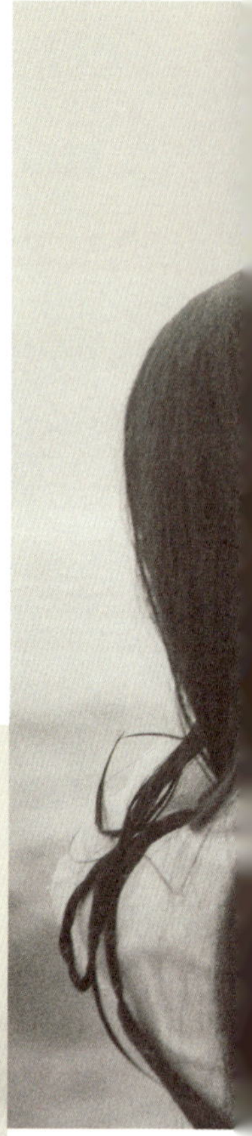

Chapter 04

写给爱过的、爱着的，也将爱下去的人

小丑玩偶

因为丑陋所以可爱
眯缝的眼睛，皱起的面容

看上去，仿佛即将
放声哭泣

即使如此，我依然爱你
孩子，我依然爱你

越过一个人

越过一个人
又过一个人，再越过一个人

像看着婴儿一样看你

皱起的额头
紧咬的嘴唇
你是否感到
哪里不适？

像看着花蕾一样看你

Chapter 04
写给爱过的、爱着的，也将爱下去的人

问候

跟鲜花打招呼时
你好，鲜花！

可是不要同时
向所有的花朵
表达你的问候

要向每一朵鲜花
还要注视着她们
说一声：你好，鲜花！

这样问候
才永不犯错

樱树

樱花盛开时
你说会以樱花的名义
回到我身边
按照约定回到我身边

春去春又回
去年的樱树
而今花开花落
可不见你踪影

我已无法按耐
忍不住想变成樱树
走近你
我的女孩儿

我要带着满树
盛开的樱花
突然站到你面前
我的女孩儿

你就站在那里
成为一棵樱树吧
我会一直站在这里
瞪大了心中的眼睛
遥遥注视着你

草花

一看再看
才会美丽

久久凝视
才会可爱

你也如此

妩媚

你这是
在专注地望着什么

说明你已知晓
我在这里看着你

说明你先于我知晓
你自己的妩媚

Chapter 04

写给爱过的、爱着的，也将爱下去的人

祈祷

请成就那些
还没有成就的美好事物
请让我遇见那些
还没有相遇的美好的人
说出“阿门”时
想起你的容颜
慌乱之余
我不禁睁开了眼睛

约定

咱们就一起走到
有月光的地方
你我已经拉过钩
咱们就一起走到
蜜蜂嘤嘤的地方
溪流潺潺的地方
你我已经拉过钩
咱们就一起走到
愿意一起走到的地方
像今天这样

我们绿色的地球之二

代替“我爱你”的话：
我们常常见面吧

代替“我要爱你”而做出的回答：
我们在一起很长时间了

日益葱绿的地球
将更加生机盎然的地球

今天，你是我的地球
我，是你的地球

深秋

枯叶满地
请把你的肩头借给我
借给我靠上片刻
大哭一场后离开

夕阳西下
请把你的手借给我
借给我握住片刻
和你执手遥望落日

不错，不错
今天，我因此心满意足
——听到有人这样喃喃

面对你

来到这个世上
在我最想说的话中
最美好的话语
只想说给你听

来到这个世上
在我满脑子的想法中
最美好的想法
只想给予你

来到这个世上
在我所有表情中
最美好的表情
只想展示给你

这是我爱你的
真正的理由
是我自己想要在你面前
成为最美好之人的愿望

写在雪地上

写在雪地上
把我爱的你
所以我才不会
轻易离开这个
叫作地球的美丽的星星

极致的惶惑

惶惑，耀眼
开心时的手足无措
激动时的头晕目眩
无法控制的欲生欲死

太阳升起即是惶惑
日落即是惶惑
鸟鸣、花开即是惶惑
河水摆着尾巴流向大海
即是惶惑

是的
大海的汹涌，万顷碧波和天边晚霞
恨不能溺死的冲动即是惶惑

不，在我面前
烂漫微笑的你才是极致的惶惑

你究竟来自何处？
是如何来到我面前？
你又是为何而来？
仿佛为了兑现千年之约

必然

这是一个偶然
你走近我
我走近你

好像清风
在道路拐弯的地方
和一朵草花相遇
这只是一个偶然

不
这是必然
因为我们约定
总有一天定当相见

你成为我
我成为你的神秘
分明是一种必然

鲜花之三

不是因为你的美丽
不是因为你的花容
也不是因为你的拥有
而只因为是你
因为你就是你
所以才可爱，才更让人思念
也才更加对你心怀歉意
你的笑容才像铁钉一般
深深嵌入我心房
你就是你！
因为你就是你
所以才如此珍贵、美丽
才如此可爱、丰饶
带着你此时的笑颜
永远伫立在那里吧

我喜欢的人

我喜欢的人
为悲伤的事感到悲伤
为孤独的事感到孤独

当她站在人前
不会昂起高傲的额头
当她站在人后
也不会卑躬屈膝

我喜欢的人
仇视丑陋的事物
热爱美好的事物
是一个爱憎分明的凡人

幸福

到了晚上
有一个可以回归的家

在身心俱疲时
有一个人虔心为你牵挂

在孤独的时候
有一首可以独自哼唱的歌

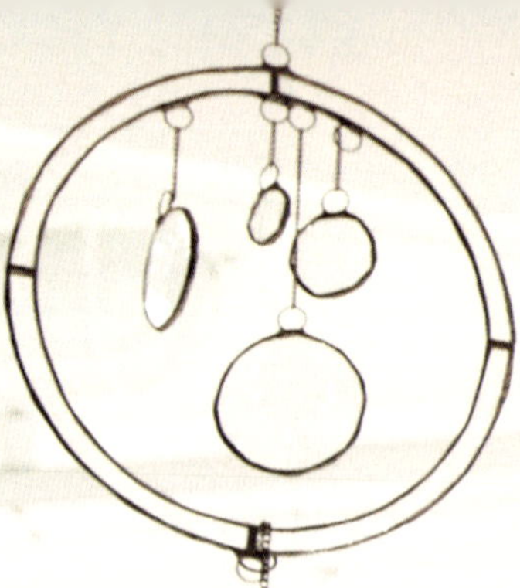

爱情是否……

像雷霆轰然而至？
爱情是否
像闪电般猝不及防？

不！爱情
像细雨浸润大地
像一只野猫悄然而至

爱情终于蹑手蹑脚而来
占据了我内心的火炕上
最明亮的地方

于是我们两个人
融为一体
你成为我
而我，成为了你

礼物

天穹之下
我收到的最大礼物
是今天

在今天收到的礼物中
最美的礼物
是你

是你幽幽的声音
和笑脸，是你哼唱的一段歌曲
是宛若拥着满怀海洋的喜悦

你的伶俐

喜欢你的伶俐
喜欢你的青春
喜欢你的美丽
喜欢你的冰清玉洁

喜欢你的天然
喜欢你的多梦

有时也喜欢你的自私
也喜欢你的草率
还有你的柔弱
我有时也喜欢你
毫无来由的虚荣
和傲慢

越感到孤独的时候

越感到孤独的时候
便越是形单影只

越想要倾述的时候
便越是欲说还休

越忍不住眼泪的时候
便越是温柔地咽下抽泣

我做了那么多的梦
今天，就让我离开人群
站到高高的白杨树下
让我独自垂着头在山路踯躅

不要吝惜

不要吝惜美好事物
衣橱里漂亮的新衣
不要因为去参加一场盛典
一场婚礼而吝惜
过了季节，它们就变成了旧衣

不要吝惜你的爱意
不要等到遇见真心相爱的人
才奉献出深藏在心底的爱意和怀念

一旦心中的河流枯竭
不觉间你已是苍老的浮云

有了漂亮的新衣就穿上吧
想起美食就即刻前去品尝
优美的音乐，想听的时候就去听吧
尤其是遇到了意中人
你可千万不要藏在心里
请你尽情怀念尽情去爱

即便有时让你脸红心跳
即便有时让你热泪盈眶
也没什么大不了的
现在，就有一朵花在你面前摇曳
就有一个让你心驰神往的人
请你尽情去喜欢那朵鲜花
尽情去怀念那个人

一切拜你所赐

昼夜交替
这件事我仍不知所以
花开草绿
这件事我仍不知所以

一切拜你所赐
因为有你，这些事才会发生

一阵风吹来
是你在长袖轻舞
随风而至的清香
也是你心灵的标识

一切拜你所赐
因为有你，这些事才会发生

今天，我
如此心情舒畅
只想活到地老天荒
一切拜你所赐

一切拜你所赐
一切并非都是我的错

Chapter
05

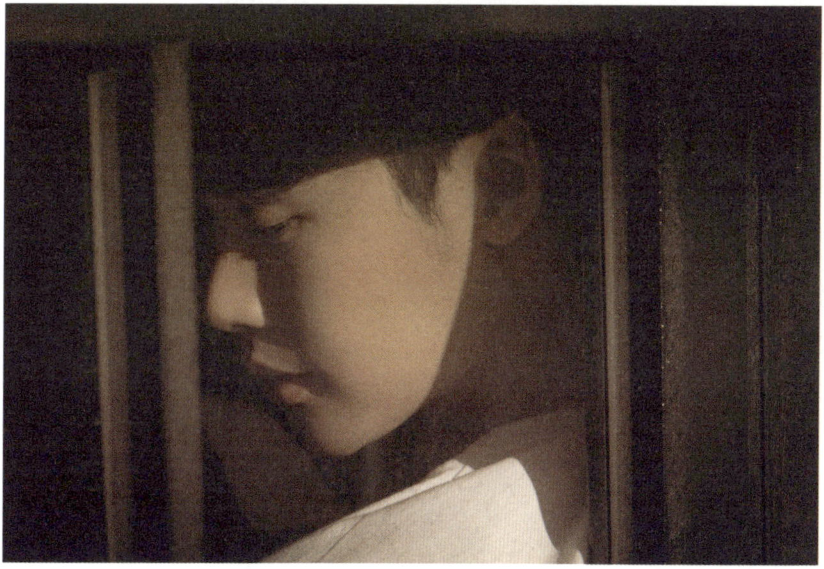

Chapter 05
都是我的错

寒酸的告白

把我的拥有给予他人时
人们笑逐颜开

把仅有的一个
给予他人时
比给予他人很多当中的一个
更让人笑逐颜开

而我今天给予你的心
却是唯一中的唯一
你可千万不要
随手把它丢弃

木莲花落

希望你离开我的日子
选在花开的那一天
选在木莲花盛开的日子
在木莲的枝头挂满白色花灯的春天
离开我

希望你离开我的日子
我不要泪流满面
道一声早去早回
仿佛你只是去短暂旅行
我只是轻松地挥挥手
目送你的背影

即使如此，你
仍不会知道
我心中的花朵正在凋谢
正如白色的木莲花瓣
扑簌簌哽咽着
落向大地

104
108
AM·FM·AFC

该离去的时刻

知道该离去的时刻
是悲伤的事情
知道该忘却的时刻
是悲伤的事情
我知道我自己
则是更加悲伤的事情

我们都是在世上
短暂停留后离开的人
你正在看着的
是我白色的云朵
我正在看着的
是你白色的云朵

是否会有那么一个淘气的画家
用画笔把我们抹掉以后
再把我们干干净净地
安插在另一个地方？

不能放手让那应该离去的人
转身离去，是一件纠结的事情
不能忘却应该忘却的人
是一件纠结的事情
而知道我正是这样一个人
则更是纠结的事情

春

这个世上，是否
果真有所谓春天?
以为现在还是冬天的时候
其实我们已经步入春天
而当我们以为还是春天的时候
其实我们已经投入夏天的怀抱
迈动艰难的脚步姗姗来迟
然后迅速而虚无地消失的春天
我们的人生中
是否也有这叫作春天的季节?

草花之三

不要无精打采
努力绽放自己
才会拥有整个春天

在人群中

在人群中
我感到慌乱
因为你不在那里

在无人的旷野
我感到慌乱
因为你也不在那里

Chapter 05
都是我的错

石头

沉浸在潺潺激流中
一枚若隐若现的
身披花纹的石头
我把它捞出来
暂时放在岩石上
想办完另一件事以后
再把它带回家去
可当我返回原地
却怎么也想不起
曾把它放在哪里

这枚石头
是否正是我自己？

鲜花与星星

把一朵鲜花放到你手中
没有任何理由
只因我手中握着这朵花

因为在一条死胡同里
第一个遇见的
正是你

仰望满天繁星
星星在漆黑的夜空闪烁
只是我在哭泣而已

鲜花之一

就让我再爱一次
就让我再犯一次罪
就让我再得到一次宽恕

所以才是春天

鲜花之二

轻松地咽回
对你的赞美之词

艰难地咽回
对你的歉意

痛苦地咽回
对你爱的表达

伤心，纠结
而我一次又一次
把在喉头打转纠结咽回肚里去

然后，她决定让自己成为一朵花

活下去的理由

想起你
从梦中猛然惊醒
浑身充满力量

想起你
直面生活的勇气在胸中澎湃
看上去，天空更加蔚蓝

想起你的脸庞
暖流在心中流淌
想起你的声音
我的胸膛被喜悦渲染

是的，就让我闭上眼睛
再冒犯一次上帝
这是在这个春天里活下去的又
一个理由

空位

是谁预留下
这绝佳的空位？
是谁遗留下
这洁净的空位？

坐到这个空位上
我也便成为一缕清香
成为悦耳的啾啾鸟鸣
成为一朵鲜花

我也想成为
洁净地留给某人的
一个空位

两个人

如果是一个美好的人
言语便显得多余

如果是一个更加美好的人
我也便可有可无

因为那个人
已经成了我

独自绽放

和那些成片开放的花相比
零星绽放的花朵
她们的私语有时更加缠绵

和那零星绽放的花相比
独自绽放的花朵
有时更加冠冕堂皇

请不要为你今天
孤零零独自绽放
而感到力不从心

Chapter 05
都是我的错

天空之子

你是谁？
是花

你是谁？
我，是花

你真的是谁？
我说过我是花！

和鲜花问答
不觉时光飞逝

不再问你

最初，问你何时动身
问你何时启程
仿佛在催促你

后来，又问你
将伴我到何时
仿佛在追问你

可是，现在
我已不再问你
已决定什么都不再问你

我只是感激你伴在我身旁
哪怕只能听到你的呼吸
就已经让我泪眼迷蒙

就伴我到这首歌曲
终结的那一刻吧
我这样呢喃

就伴我到窗帘的下摆
抹去冬日的阳光
我再次呢喃

青涩的爱情

有一天
我这样问她

我仍是
你需要的人吗？

她无声地
点了点头

那时，她的双眼
已噙满泪水

友情

即使有一件事值得感激
也不轻易道谢

即使为一件事追悔莫及
也不轻易致歉

即使心存爱意
也不轻易说爱你

如你今天对我所做的那样

新春

战胜了寒冬不才是春天吗？
依然是呼吸的生命不才是春天吗？
所以春天才是奇迹，不是吗？

花蕾重新绽放不才是春天吗？
枝头重新发芽小鸟欢唱不才是春天吗？
所以春天才更是奇迹，不是吗？

祈祷

如果我是一个孤独的人
此刻，请让我想起那
比我更加孤独的人

如果我是一个饥寒交迫的人
此刻，请让我想起那
比我更加贫寒的人

而如果我是一个卑贱的人
此刻，请让我想起那
比我更加卑贱的人

请让我
时时自问
让我时时自问自答

我现在已来到何处？
我现在在走向何处？
我现在在观望着什么？
我现在在梦想着什么？

演员如是说　演员　李钟硕

我并不是一个很懂诗的人。

我的名字广为人知，始于电视连续剧《学校2013》。即使是在剧中，我也只是以一个正在表演的演员身份，认真按照剧本中的台词，朗诵了罗泰柱先生的诗作而已。

回想以往的情形，当时的我虽然对表演充满热情，可并没有花费更多的心思去理解朗诵的那首诗。仅仅根据剧本中的台词，以及剧中人物的状态去演绎感情，这对我而言就已经相当吃力了。

在此后的岁月里，我得到了来自很多人超出预期的爱，也曾按照自己的方式把自己的爱给予他人。那段日子，我有时沉浸在幸福之中，有时也独自悲伤，即使得到安慰，也仍为此而伤心，如此循环往复。

在此期间，每当我感到抑郁，举步维艰，便暗想自己作为一个演员，要想在演艺道路上继续走下去，就应该克服这种感受。

如果说在反复体会这种情感的过程中有所收获，那便是以前怎么也挤不出的眼泪，已开始自然地在眼眶凝

结，并终于开始流淌下来。

那时，我努力去理解自己，是否自己对感情或感性方面的体会有所加深？

但有些时候，就连这样的努力也让我感到相当吃力。每当此时，在心中流淌的抑郁简直令人无法承受。

有一天，我心力憔悴，一个人静静地躺在床上，怔怔地看着天花板。无意间翻开一个粉丝作为礼物送给我的书，而这本书，恰好是罗泰柱先生的诗集。刚开始，我单纯地想："既然是一本书，怎么会没多少文字呢？"带着这样的疑虑，我开始翻阅诗集。此后的几个小时，那些过去的爱、自以为很酷地宣告分手的瞬间、想要对粉丝们说的话，以及想要倾述的我的故事……它们开始席卷我内心的各个角落。

我就这样一首一首读着诗，在和诗作产生的共鸣中一页一页翻阅下去。或许是因为我读得过于投入，也或许是因为当时我只能如此，那天，我就像一个孩子一样放声大哭起来。现在想来，似乎哭了很长一段时间。

然后，又过了一段时间，有一天，终于有机会再次重读这本诗集。印象中，那时我得到了很大的安慰。

如果用更准确的语言加以表达，好像觉得我是通过那些长流不止的泪水，和盘托出自己心中的感情——仿佛被泪水淹没的感觉。就像刚打过病毒性感冒预防针以后的两三天里，冒了几身虚汗病了一场后，终于可以不再受病痛的折磨，而能够健健康康地迎接新的一天的感觉。那一瞬间，我觉得自己得到的是一份珍贵的礼物。

虽然说我仍然是一个不大懂诗的人，但多亏了罗泰柱先生，我觉得自己多少已经缩短了和诗的距离。此后，我也曾像记日记那样试着写一些短诗，也找来一些容易理解的诗集读读。

在这个过程当中，一家出版社偶然找到我，提出出一本写真集的建议。我当时想，与其出版一本只有照片的写真，还不如出一本配有诗文的写真集。当然是采用罗泰柱先生的诗作。尽管尚有不足，但若能把我个人的诗作也加进去，岂不更好！

为了出版这本特别的写真集，有一次，我从首尔前往公州，和罗泰柱先生整整共度了两天时光。

罗泰柱先生给我的印象，照比他的年龄要干练得多，他的情感也比实际年龄年轻了许多，看上去他就像一位快乐的老绅士。听说我也想学着写写诗，罗泰柱先生呵呵朗笑了几声，给我提出了这样几点建言：

要写短诗；
无须顾忌太多；
捕捉瞬间的冲动；
像写遗言那样写诗。

按照先生的建议，我也曾试着写过不同形式的诗，试着写过一些看上去还说得过去的诗。可是过了一段时间后重读，自己都觉得有些可笑和做作。

准确说来，在这个阶段，我似乎还有所顾忌。于是决定从先生的诗作中，选出曾给我以感动的那些作品。

在遴选罗泰柱先生的诗作过程中，我反复体会到诸多烦恼，最终决定写真集中不用我自己写的诗。我认定自己的诗作还过于肤浅，实在不足以和先生的诗一起出现在同一本书里。

我认为，要想把我的诗公之于众，可能还需假以时日。我的内功还不够深厚，也缺乏把诗作拿出来示人的勇气，因此决定这本写真集就不刊载我的诗作了。

但我仍带着惋惜的心情，把阅读罗泰柱先生作品时的零星感动整理成这些文字，一并载于此书。希望在我更多地了解诗歌以后，在我更多地了解世界以后，在不久的将来，再有机会小心翼翼地拿出我的诗作献给大家。如果大家明白我这个愿望依然有效，我将感激不尽。

在和众多团队成员一起构思、编辑、遴选罗泰柱先生的诗作，拍照，录制视频，录音……一起分辑，再给每辑标以不同标题的过程中，不知不觉间已经过去了近一年时间，在此，对那些默默付出诸多劳动和努力的人致以深深的谢意。

这本书不仅是一个演员的写真集，而且是可以向翻阅此书的每一个人传递共鸣和安慰的诗集。也向为这本诗集能够问世而提供诸多帮助的罗泰柱先生致以诚挚的谢意。同时也想向罗泰柱先生表达我的崇敬。

尤其希望，这本书能把我曾经得到的安慰传递给正在翻阅此书的所有读者。

今天，你仍在我面前，
重新诞生一回。
今天，我仍在你面前，
重新死去一回。